AF299039

FABLES

EN VERS

SUIVIES DE

PIÈCES DIVERSES

PAR AUGUSTE DOUDEMENT

Paris

GUIRAUDET ET JOUAUST 🕭 LEDOYEN, AU PALAIS-ROYAL

RUE S.-HONORÉ, 338   GALERIE VITRÉE, 31

—

1852

FABLES

EN VERS

696 — Paris, imprimerie Guiraudet et Jouaust,
rue S.-Honoré, 338.

FABLES

EN VERS

SUIVIES DE

PIÈCES DIVERSES

PAR AUGUSTE DOUDEMENT

Paris

GUIRAUDET ET JOUAUST LEDOYEN, AU PALAIS-ROYAL
RUE S.-HONORÉ, 338   GALERIE VITRÉE

1852

AVANT-PROPOS

Voici un petit livre qui contient quelques esquisses insuffisantes à coup sûr, mais auxquelles, tout en nous aidant des agréments de l'apologue, nous avons essayé d'imprimer la couleur et la physionomie de la vérité. — Les leçons morales qu'il renferme feront au moins, nous l'espérons, excuser ses imperfections. — Notre intention n'est point ici ni d'écrire une préface, ni d'arranger à notre guise une définition de la fable. La Fontaine, et quel maître mieux entendu et plus parfait pouvait en parler? l'appelle quelque part :

Une ample comédie à cent actes divers.

L'inimitable écrivain qui, dans presque chacune de ses productions, sema tant de traits de génie, a, dans ce vers rapide et heureux, tracé pour ainsi dire toute la poétique du genre; il nous explique par là le charme qui se rencontre en une pareille matière. — Faire passer sous nos yeux en quelques lignes tant de scènes variées, où chaque être, chaque objet a son langage et son accent, n'est-ce point là le rôle de l'apologue, rôle charmant et qui sait plaire, si les acteurs qu'on fait mouvoir ou parler ont le ton naturel et vrai qui leur convient?

S'envelopper d'une forme ingénieuse et cachée pour enseigner plus à l'aise en déguisant la rudesse du précepte sous un voile agréable, voilà où doivent tendre ces petits drames qui peuvent tout renfermer, et, sous mille aspects, traduire et peindre les sentiments et les passions, nos ridicules et nos travers.

Après avoir signé ces pages tout à fait sans prétention, et qui ont pour attrait leur simplicité même, nous serons largement récompensé de notre travail si nous pouvons apprendre qu'elles ont été bien accueillies des jeunes lecteurs auxquels elles sont adressées!

Juin 1852.

PREMIER LIVRE

I

LA CAILLE ET L'OISELEUR

Dans ses lacets un oiseleur habile
    Prend une caille un beau matin :
Le revers était grand ! — L'affligé volatile
    Comprend bien vite en son chagrin,
— Douloureux commentaire à deviner facile, —
Qu'il ne reverra plus les moissons, les guérets !
    Lorsqu'on se laisse prendre aux rets,
    L'affreuse mort est bien voisine !
Notre caille pourtant veut tenter un effort,
    Et pour désarmer le sort,

Voici le plan que sa ruse combine :

« A quoi pourrait te servir mon trépas?

Dit-elle à son bourreau, qui déjà sur sa mine

Bâtit l'espoir d'un assez bon repas ;

Je suis chétive et ne vaux pas

Que pour une si maigre aubaine

De préparer la broche on ait les embarras.

Laisse-moi vivre, et pour ta peine,

Sur l'honneur, à tes pieds j'amène,

— Songe combien ton profit sera beau, —

Un bataillon de mes compagnes,

Qu'on vante fort dans ces campagnes !

C'est un véritable troupeau ;

Tu les compteras par douzaines,

Et, sans t'imposer bien des peines,

Leur vente dans ta bourse amènera l'argent ! »

C'était, vous le voyez, avoir de l'entregent,

Et l'esprit fait pour l'intrigue.

Sur une trahison la belle spéculait,

Et tout bas elle calculait

Que sur mainte infamie, ainsi que sur la brigue,

L'allure de ce monde à peu près se réglait.

Puis elle ajoute encor, pour donner plus de force

Au discours qui lui sert d'amorce :

« Donne-moi seulement congé jusqu'à demain,

Et je reviens au matin avec celles

Que je dois mettre sous ta main.

Si mes sœurs, après tout, ne te semblent point telles

Que je les peins dans mon récit,

Je veux, je m'y résigne, entrer dans ta besace ;

Mais aussi j'aurai ma grâce

Si je conduis ici

Des cailles qui feront miracle.

Réponds-nous, le marché va-t-il à ton humeur ? »

— « Tu parles comme un oracle,

Repartit l'oiseleur ;

Mais vendre ainsi les siens sans pudeur, sans vergogne,

Et trahir ses pareils pour racheter ses jours,

C'est faire, à mon avis, une laide besogne !

Je me suis défié toujours

Des trafiquants de turpitude.

Eh quoi ! tu livres tes amis,

Et tu veux que tes ennemis

Aient foi dans ta parole? Est-ce donc l'habitude

D'être honnête homme ici, puis fripon à deux pas ?

Ta promesse n'est que chimère,

Ma belle, en mes filets tu ne reviendrais pas.

Je te porte à ma ménagère ;

Elle est adroite, et fera son affaire

De donner, grâce à toi, du relief à nos plats. »

Notre homme au braconnage

Ne manquait point de sens en pensant qu'il est sage

De faire fi, n'importe en quels débats,

Des serments trompeurs d'un Judas !

II

LE CHANTEUR ET LE JEUNE PAYSAN

Un chanteur, dont la voix roulait comme un tonnerre,

Mais qui ne savait point imprimer à ses chants

Un sympathique accent qui pût toucher et plaire,

Faisait la gamme, un jour, au beau milieu des champs.

C'était à chaque instant des éclats de musique

Capables d'irriter jusqu'au plus apathique ;

Ses couplets s'en allaient interroger les airs

D'une façon bouffonne et des plus discordantes !

Un enfant l'entendant versait des pleurs amers —

« Oh ! combien sur les cœurs mes chansons sont puissantes !

C'est qu'il pleure vraiment! Orphée eût-il mieux fait? »

Pense notre ignorant, qui soudain se rengorge,

Et qui tire des sons plus affreux de sa gorge.

— « Pourquoi pleurer, petit? et pourquoi cet effet

Que produit sur tes sens mon talent si lyrique?

—C'est qu'en vous écoutant, monsieur, de ma bourrique

Morte, hélas! l'an passé, je me souviens par trop! »

Sur cet aveu naïf, qui de juste le pique,

Notre chanteur se tut et partit au galop.

Que de sots sont pareils au chanteur ridicule

Que nous avons voulu bafouer dans ces vers.

Les a-t-on vus jamais redouter les revers?

Dites-nous devant quoi leur vanité recule?

Assurément, j'en sais plus d'un, au temps présent,

Qui pourrait rappeler l'âne du paysan.

III

LE CANARD ET LE MOINEAU

« Ami moineau, tu le vois,

A notre arc nous avons deux cordes d'un grand poids »,

Disait certain canard en se donnant des grâces,

Et qui, se dandinant, se vantait avec feu.

« Du Ciel j'ai reçu deux grâces,

Et je les utilise ainsi que je le veux :

Je vole dans les airs ou je nage dans l'onde.

Cette ressource fait qu'au gré de mon humeur,

J'use d'un talent double avec un grand honneur.

C'est un ample mérite, et l'on doit, dans le monde,

Proclamer partout, à la ronde,

Que, sur ce côté-là, de tous je suis vainqueur !

1*

J'affronte impunément deux éléments contraires,

Et quand l'ennui me prend dans l'eau,

Je m'en vais contempler là haut

Les splendeurs des célestes sphères. —

L'hyperbolique façon

Dont se pavanait notre oison,

En tapinois faisait sourire

Le moineau, qui ne put s'empêcher de lui dire :

— « Vous mettez plus qu'il n'en faut

De l'emphase en cette matière :

A votre orgueil, qui prend trop vite le galop,

Ne donnez point tant de carrière !

Quoi ! vous nommez voler l'effort pesant et lourd

Qui fait souffrir pour vous quand votre aile s'agite ?

Au pays où naît le jour,

Lorsque vous affirmez que vous rendez visite,

Votre vanité nous dépite.

Nous comprenons bien qu'à loisir

Vous barbotiez dans votre mare,

Il n'est rien là qui vous dépare ;

Pour elle vraiment fait, vous ne pouvez choisir

Rien qui vous aille davantage,

Et même au sein de l'eau vous nous plaisez beaucoup !

Mais de planer dans l'air prétendre avoir l'usage,

C'est mériter d'être traité de fou. » —

Aux faveurs du public demandez-vous un titre,

Voyez votre aptitude, et, d'après cet arbitre,

Dans un seul cadre enfermez-vous.

C'est le point le meilleur, vous dirai-je entre nous.

N'oubliez point, vous qui voulez écrire,

Qu'une simple chanson, une courte satire,

Ont toujours valu mieux

Qu'un poème indigeste, un long drame ennuyeux

Dont chacun pourrait médire.

IV

LA FEUILLE

Dis-moi qui tu hantes, je dirai qui tu es.

Dans un sentier, sous le souffle d'automne,

Étaient tombés, de l'arbre ou du buisson,

Bien des rameaux que la branche abandonne

Quand de l'hiver on subit le frisson.

Mon œil, allant de l'une à l'autre feuille,

Me rappelait le printemps et les fleurs,

Trésors perdus et que l'hiver effeuille

Sans leur laisser ni beauté ni couleurs.

Dans ces brins d'herbe ainsi roulés à terre,

Dernier débris qui restait au parterre,

Je ramassai sur le gazon jauni

Rien qu'une feuille encor verte à demi.

Elle embaumait, et les parfums d'Asie,

Vaincus par elle, à peine auraient séduit

Si, comparés à cette odeur choisie,

De prononcer on avait eu l'ennui.

Quoi ! par hasard, seriez-vous une rose ,

Lui dis-je, vous qui nous charmez si fort ?

En vous respirant , je suppose

Que ma croyance n'a point tort.

— Non , fit-elle riant , je ne suis qu'une feuille,

Et j'ai vécu long-temps , sans pompe et sans éclat ,

Sur un arbuste près de là.

Mais du compliment qui m'accueille

Je comprends un peu la raison :

Dans la chaude saison,

Temps ravissant que mon cœur se rappelle ,

Quand brillaient au soleil les étés et l'amour ,

La rose et moi, tous les deux sous leur aile

N'eûmes long-temps qu'un même et seul séjour.

Ce parfum merveilleux qui t'enivre et t'enchante,

Dont tu voudrais me faire honneur ,

Elle en fit don à son humble servante,

Et j'ai gardé sa douce odeur !

V

LE CASQUE ET LA CHARRUE

Une charrue un jour avec sa dent profonde

Creuse un champ malaisé qu'avec peine elle sonde.

Un casque caché là, de sable recouvert,

Lui montre tout à coup son aigrette de fer

        Qui du temps atteste la rouille.

        Sans respect pour cette dépouille

D'un siècle valeureux où le jeu des combats

Trouvait des cœurs hardis et de robustes bras :

— « Magnifique trouvaille et bonne pour la rue !

S'écrie en son dédain l'arrogante charrue.

Un casque ! Parlez-moi bien plutôt d'un hoyau

        Qui s'en va remuer la terre !

Il est des gens pourtant , — ô sottise exemplaire ! —

Qui fêtent à l'égal du plus brillant joyau

        Ces reliques d'un vieil âge.

        Moi, je suis de l'avis du sage,

Et compte pour bien peu ce qui ne produit rien. »

Le casque à répondre s'empresse :

— « Je ne comprends pas très bien

Que tu veuilles ici m'accuser de paresse.

Dans le pays tu sèmes la richesse ;

Mais moi j'eus bien aussi mes glorieux labeurs !

Hochet de guerre et de mêlée,

Je fais, dis-tu, ma moisson dans les pleurs,

Tandis que la charrue, assidue et zélée,

Enrichit les laboureurs.

En te vantant, dois-tu rabaisser mon mérite ?

Ne montre point un tel esprit jaloux !

Si tu raisonnais mieux ton dédain, ton courroux,

Tu n'afficherais point ce mépris qui t'invite

A déclamer aigrement contre moi.

C'est bien mon compagnon le soldat qui t'abrite

Au prix du sang qu'il sait verser pour toi.

Tu le nourris, il te protége,

Et la reconnaissance entre vous deux s'allége

D'un bienfait mutuel et d'un commun appui.

Si la paix trouve en toi le bienfaiteur prospère,

Le casque a bien pour lui

D'être l'emblème de la guerre,

Qui défend tes foyers quand la main du pillard

Vient tenter sur toi-même une avide conquête !

C'est alors à nous, sans retard,

A nous, casque, épée ou trompette,

Qu'on te voit recourir pour défendre tes champs

Et pour bien vite éloigner les méchants.

Laisse donc ces mépris que tu te mets en tête !

Et, dans ta préséance assez juste sur nous,

Ne garde plus ces airs impertinents et fous.

Dans le danger nous payons notre dette ;

« C'est un prêté pour un rendu ! »

Comme le fait entendre une vieille maxime.

Ce proverbe fort sage et que j'ai retenu

Rencontre ici sa raison légitime.

VI

LE LABOUREUR ET LA CIGOGNE

De gros oiseaux, insolents tant et plus,

Rendaient d'un laboureur les travaux superflus !

A ses moissons ils ne faisaient point grâce.

C'était vraiment pitié de voir combien leur bec

Dans les épis avait laissé sa trace.

Le possesseur du champ, aux trois quarts mis à sec,

S'était promis d'exterminer leur race !

Il en vint à ses fins, et dans ses lacs tendus

Un beau matin il eut la joie

De tenir toute sa proie.

Nos voleurs effrayés s'agitaient éperdus,

Et la pauvre bande éplorée

Pressentant que la vie allait lui dire adieu,

Faisait un beau vacarme en ce funeste lieu !

Une cigogne évaporée,

Et qui rôdait, la folle, aux environs,

Se laissa prendre au piége où pleuraient nos larrons.

Elle eut à payer sa sottise !

Quand le maître du blé vint pour compter sa prise :

— « Qu'est-ce cela ? Que vois-je ? une cigogne ici ! »

S'écria-t-il dans sa surprise.

L'autre se met à sa merci,

Appelle à son secours toute sa rhétorique,

Et lui fait cet exorde à la façon antique :

— « Garde-toi bien, si tu veux plaire aux dieux,

De te livrer sur ma personne

A quelque attentat odieux !

L'erreur n'est pas permise à l'homme qui raisonne,

Et qui sait distinguer le mal d'avec le bien.

Ceux-là sont des méchants ; mais moi , tu le sais bien,

Je t'ai rendu mille services !

Si c'est ton droit de punir leurs malices ,

N'as-tu point à fêter en moi l'oiseau pieux

Qui nourrit ses parents lorsqu'ils se sont faits vieux ?

Les insectes rongeurs qui causent ta colère

Ont expié très souvent sous mes coups

Le mal qu'ils avaient pu te faire.

Il est visible qu'entre nous

L'obligé c'est toi-même, et pour prix de ta dette

Oserais-tu prendre ma tête ?

Reconnais qui je suis , et bien plutôt dis-moi

Que je puis regagner mon logis sans effroi !...

— Tudieu ! quel long babil ! exclama le rustique,

L'interrompant dans son discours.

Je serai bref dans ma réplique,

Et mes arguments seront courts !

Ces pervers que ta bouche en ce moment renie

Et que je vais envoyer à la mort,

Je te trouve en leur compagnie :

Ce m'est assez, tu subiras leur sort !

Notre morale, ici, que sera-t-elle?

C'est qu'au contact des gens que l'on sait vicieux,

On attrape à bon droit quelque tache ou parcelle

De la honte ou du mal qui toujours jaillit d'eux.

VII

LES ORANGES DE L'AVARE

J'ai lu qu'un Harpagon passé maître au métier

De vivre chichement , sans bourse délier,

Reçut un jour, ainsi le rapporte l'histoire,

De l'enfant de son fils une bonne leçon.

Sut-il en profiter? J'ai grand'peine à le croire !

Dix ans, c'est à peu près ce qu'avait le garçon ;

Le vieillard , lui, portait la barbe toute grise.

— L'avarice est démence, et c'est un mal fâcheux ;

Quand de ce défaut-là l'honnête homme s'avise,

La raison le déserte, et parfois les plus vieux ,

Oublieux de leur âge et pris par le vertige

Devenant les plus fous, abdiquent le prestige

Qui devrait s'attacher à leurs cheveux tout blancs !

De la sagesse alors ils n'ont que les semblants.

— Nous avons pour le dire osé faire une pause ;

Bien d'autres avoûront qu'il est juste qu'on glose

Sur celui qui s'oublie en un vice aussi laid ;

En s'attaquant à lui chaque brocard nous plaît.

A bien le démontrer notre fable s'oblige.

— L'enfant était malin comme l'âge l'exige ;

Il surprit le vieillard cachant dans son grenier,

Avec un grand mystère, un assez lourd panier,

Qui comptait pour trésor des oranges d'Espagne.

Du gamin aussitôt la malice en campagne

Cherche quel tour adroit, en servant ses projets,

Pourra de ce butin enrichir ses filets.

De loin en loin, c'est vrai, l'on en servait à table ;

Mais le régal était bon au plus pour l'étable ;

Encor les comptait-on par tranche, par quartier,

Et pour en avoir un il fallait bien prier !

Du grand'-père l'œil un jour se ferme par mégarde,

Quelle fortune ! il monte, et sa dent se hasarde

A mordre dans un fruit, puis dans deux, puis dans trois,

Une douzaine entière y passa bien, je crois !

L'avare fait sa ronde, et trouve peu son compte.

Il sut se renseigner sur l'auteur du mécompte,

L'appelle en sa présence, et, lui montrant ses torts,

Il lui parle en grands mots, fouettant ses remords,

Du larcin qu'on ne peut long-temps cacher dans l'ombre,

Et surtout il s'étend fort au long sur le nombre

Des oranges qu'il perd ! Etait-ce bien le lieu

D'aller ainsi, bravant et son aïeul et Dieu,

Se tapir dans un coin avec sa gourmandise.

Dévorant en glouton, — faut-il donc qu'on le dise ?

Un fruit qui vaut si cher ! Pourquoi ? pour le plaisir

De lâcher toute bride à ce honteux désir

D'engloutir sans compter, sans songer, chose étrange,

Au haut prix des objets qu'on gaspille et qu'on mange !

— « Le mal n'est pas si grand que le font vos discours,

Répond le garnement en suspendant le cours

D'un sermon déjà long. Je me suis, par prudence,

Abstenu de toucher aux fruits pour qui, je pense,

Vous avez dès long-temps un goût particulier ;

Ma réserve m'absout, on ne peut le nier,

Et je m'explique mal vos longues gronderies :

Dans leur coin j'ai laissé les oranges pourries !

L'ENFANT ET LE BOUVREUIL

Un enfant accusait un jour l'ingratitude
D'un bouvreuil qu'il avait long-temps sous son regard
Retenu prisonnier. Bien que sa grande étude
Eût été de choyer son captif avec art,

    De ses verrous et de sa solitude
Ce dernier n'avait pu contracter l'habitude,
Et le pauvre bouvreuil s'ennuyait loin des siens.
Mais par un beau matin où l'air plein de lumière
Prodiguait ses rayons à la nature entière,

    L'oiseau, libre de tous liens,

Sans se donner le temps de prévenir son maître,

Vite s'enfuit par la fenêtre.

En telle occasion, qui n'en eût fait autant ?

L'enfant, bien tourmenté, court en se lamentant;

Éloquent dans son geste, ardent dans sa parole,

Il poursuit de ses cris son oiseau qui s'envole.

— « Reviens, reviens, lui disait-il,

J'ai force grains de mil,

Et de côté j'ai mis, en guise de caresse,

Mille bonbons friands qui seront ta richesse

Si tu consens à rentrer sous ma loi.

Ai-je été, réponds-moi, mauvais maître pour toi ?

Te plaindras-tu de ma tendresse?

Je t'ai gâté, sur mon honneur !

Plus que le fils d'un grand seigneur.

Dans les champs, au hasard, par le froid et la brume,

Où donc vas-tu courir loin de moi, qui t'aimais,

Sans être sûr jamais

D'un nid doux et tranquille et qu'amollit la plume ?

Chez tes pareils serait-ce la coutume

De payer les bienfaits par un noir abandon ?

Hier encor je t'ai fait don

D'un biscuit qu'un parent, pour mieux flatter ma mère,

M'avait apporté tout joyeux.

Je t'ai traité comme un vrai frère :

J'en fis double part pour nous deux ! »

Notre oiseau , très confus et touché jusqu'aux pleurs

De ce discours fort tendre ,

Était sur le point de se rendre ;

Puis il pensait à ses jours les meilleurs,

Où son bec n'avait rien qu'à se baisser pour prendre

Gimblettes, échaudés, gâteaux.

Hélas ! les discours les plus beaux

Manquent souvent le but en cherchant à trop dire :

J'en ai mille arguments que je pourrais produire.

L'enfant ajoute encor,

Et sa péroraison lui fit le plus grand tort :

— « Méchant, si tu reviens vers l'ami qui t'appelle,

D'une cage à fils d'or bien plus grande et plus belle

(On n'aura vu jamais un si charmant séjour,)

Pour mieux fêter l'enfant prodigue à son retour,

Je fais de mes deniers l'emplette dans une heure !

Seras-tu point content d'une telle demeure ? »

Une cage ! — A ces mots, notre fuyard soudain

Songe que rien ne vaut la liberté si chère.

Agissant en vrai Romain,

Sans scrupule il ordonne à son cœur de se taire.

— « Maître, merci, dit-il ; je m'en vais voir ailleurs

Si l'air libre et les champs ne me sont pas meilleurs !

Les barreaux m'ont gâté l'existence dorée

Que pendant quelques jours j'ai si fort adorée.

Ce luxe-là cause aujourd'hui mes pleurs !

Adieu ! je cours aux champs ; la liberté m'invite

A goûter ses douceurs , et l'on veut que j'hésite !

Votre cage, c'est la prison !

Le sucre n'y fait rien ; malheureux qui l'habite !

Mes ailes ont besoin d'un plus vaste horizon. »

L'oiseau partit ; — il eut raison.

IX

ISOCRATE ET LE BAVARD

Un bavard en renom , cerveau creux , âme vaine ,

De devenir un sage un jour se sent la veine !

Il court chez Isocrate , et croit , pour son argent ,

Que son esprit sera — le cas était urgent —

Moins prompt à la sottise, et bien mieux fait pour plaire !

Il conte ses projets. — Complaisance exemplaire , —

Le rhéteur grec l'écoute, et reste sérieux.

Pour le dire en passant, tout n'en irait que mieux

Si l'on voyait ainsi retourner à l'école

Nos fats brillants du jour, engeance sotte et folle,

On parla du salaire, et, railleur des plus fins,

D'un geste contenant le rire des voisins,

Le philosophe dit : « L'élite de la Grèce

Cueille ici sous mes yeux le miel de la sagesse ;

Venez, mais vous aurez à payer double prix,

—Faible tribut des soins que pour vous j'aurai pris.—

Vous apprendre à parler n'est qu'une mince affaire,

Mais il me faut en plus vous apprendre à vous taire !

X

LE SANGLIER, LE LION
ET LE VAUTOUR

Avec le sanglier, le roi des animaux

Avait mis en commun, dans un égal partage,

La joie et les chagrins, les plaisirs et les maux.

Chez eux depuis long-temps c'était un doux usage

De vivre sur le pied du plus intime accord,

Sans souffrir qu'au logis jamais aucun nuage

De leur vieille amitié, cher et rare trésor,

    Vînt troubler le bonheur tranquille.

    Mais, dites-moi, dans quel asile

La discorde au front blême, à l'œil plein de fureurs,

A-t-elle écarté des cœurs

Son fiel âcre et sa colère ?

Pour un rien, une chimère,

Un jour, voilà nos deux amis brouillés !

Entre animaux de cette taille,

Un combat quel qu'il soit n'est point de ceux qu'on raille

Tout sanglants et souillés,

Semant l'éclair au sein de la bataille,

Sur un pareil terrain tous deux sont beaux à voir !

Coups de dents, coups de boutoir

Vont leur train, s'acquittant en grand de leur devoir !

Au haut de l'air faisant le pied de grue,

De la lutte un vautour voulait savoir l'issue,

Et qui l'emporterait entre les deux rivaux.

Le sang qui sort de la blessure

D'un cercle ardent empreint chaque morsure,

Et rougit poitrine et naseaux.

L'oiseau funèbre emplit l'air de bravos !

Courage, disait-il, j'aurai bonne curée !

Et sa mine délurée

De sa gaîté laissait voir les éclats ,

Tant il comptait sur d'excellents repas. .

Comment ne pas penser que sa proie est certaine ?

On s'enlace, on s'étreint avec un si grand feu ,

Que nos deux combattants doivent tomber sans peine ,

Ou bien il s'en faudra de peu.

Le lion l'aperçoit , et, faisant une pause,

Il dit au sanglier : « Que nous veut ce témoin ?

Il me gêne , et je propose

Que notre différend se vide un peu plus loin.

J'aime assez combattre à mon aise.

— Son regard aussi me pèse ,

Dit l'autre ; mais, entre nous ,

Ailleurs ou là , nous aurons sa visite ;

Il s'est fait de notre suite ,

Son intérêt l'y porte, et s'il juge nos coups ,

C'est que pour dernier salaire

Il compte avoir votre corps ou ma peau.

Rugissant alors de colère :

— « Le dénoûment serait beau !

Repart maître lion, que le dégoût dévore.

Eh quoi ! nous nous battons pour que cette pécore

Glane ainsi son profit sur toi-même ou sur moi.

D'un légitime effroi

On a le cœur brûlé devant cette pensée !

Notre querelle commencée

Ami, si tu le veux, aura trouvé sa fin.

Renouons au plus tôt notre amitié profonde,

Et ce coureur de morts, à l'appétit immonde ,

Sur d'autres que sur nous ira passer sa faim. »

Lorsque sur un pays fond la guerre intestine,

Cette fable est un peu , du moins je l'imagine ,

Le miroir du désordre où l'on voit s'agiter

Le jeu des factions qui sur chaque ruine

Vont sourdement creuser la mine

Dont les discords civils les feront profiter.

Notre vautour, c'est bien les partis à gangrène

Embusqués on ne sait où,

Mais qui soudain entrent en scène

Quand les lois ne sont plus debout.

XI .

LES VERS LUISANTS

Je me souviens qu'enfant, un soir, avec ma mère,

J'avais quitté la ville et j'allais par les champs.

Sur le gazon bordant un grand bois solitaire

Mon regard aperçut, ravi, des vers luisants.

Près des mille lueurs dont s'éclairait la mousse

Où, tous, ils serpentaient comme des gerbes d'or,

Les étoiles du ciel que le doigt de Dieu pousse

De montrer leur front blanc me semblaient avoir tort.

Mystère trop profond que l'homme seul devine,

Je ne comprenais point par quelle loi divine

Avaient été tracés leurs cercles lumineux ;

Mais pour voir je n'eus pas assez de mes deux yeux.

De vers luisants j'ornai les ganses de ma blouse ;

Comme un triomphateur éclairé par leurs feux,

Je foulais en chantant l'herbe de la pelouse,

Et revins au logis avec un air joyeux.

Dans la nuit je rêvai des fleurs de feu si belles,

Mon butin merveilleux qui m'avait tant surpris.

Je les cherche au matin : non, ce n'était plus elles,

Ma main n'agitait plus que d'informes débris.

Adieu les réseaux d'or et les rubis de flamme :

La chenille était là sans éclat glorieux.

Mes diamants si beaux, — quel chagrin pour mon âme !

Tout ternes et pâlis sous la clarté des cieux,

N'avaient plus la splendeur qui me mettait en fête.

L'insecte qu'aux forêts un soir j'ai ramassé

Ne rappelle-t-il pas — ressemblance parfaite,

Arc-en-ciel à nos yeux bien trop vite effacé,

Riche moisson perdue aussitôt qu'elle est faite —

Les rêves qu'on bâtit alors qu'on a vingt ans,

Age où l'on croit toujours à l'éternel printemps?

O vers luisants du cœur, je sais vous reconnaître !

Rêves, élans, transports ! de vos mensonges vains

Nos espoirs enivrés sont prompts à se repaître ;

Mais il vient un moment où vos pinceaux divins

Ne dorent plus la nuit de clartés éphémères.

Une heure, une heure à peine ont brillé vos erreurs,

Et, chassant loin de nous vos trompeuses chimères,

Nous voyons sans retour s'éteindre vos lueurs.

XII

LE ROSSIGNOL ET L'ÉPERVIER

Au fond d'un bois, évitant tout regard,

Un rossignol chantait, et charmait à la ronde

Les gens que le hasard

Poussait à visiter la retraite profonde

Dont ses chants avaient fait un séjour enchanteur.

Son nom faisait du bruit : l'on vint bientôt sans peine,

Des pays d'alentour entendre avec bonheur

L'artiste dont la voix était toujours en veine.

Un épervier, passant assez près de ces lieux,

Espéra se faire une aubaine

Du chanteur mélodieux !

Il court à lui, caressant, gracieux,

Et met dans son langage un accent plus que tendre !

    — « On est heureux de vous entendre,

Lui dit, faisant le beau, notre enragé flatteur ;

        Mais vous doubleriez cet honneur

Si je pouvais encor contempler le plumage

          D'un oiseau dont le ramage

          Est si doux à notre cœur.

Avec votre talent si pur, si bien de mise,

        Se cacher est une sottise.

Comme mon cœur m'y porte, et comme je le dois,

        Venez donc que je vous embrasse !

        En m'accordant cette grâce,

        Vous me ferez content deux fois :

Mon oreille et mes yeux auront eu leur partage.

        Après avoir admiré votre voix,

Sans être contredit je pourrai faire usage

D'un autre compliment pour louer le maintien

        D'un oiseau qui chante aussi bien !

A ne vous point mentir, d'après vos chants j'augure

Que vos façons, votre figure,

Doivent être du dernier bien ! »

Le rossignol, sachant ce qu'un pareil langage

Cachait de dangers pour lui,

Ne l'écouta point davantage,

Et finement il repartit :

— « On ne peut m'en faire accroire ;

Du corbeau, mon voisin, jadis j'ai su l'histoire :

Il eut à regretter son fromage envolé,

Par un dupeur d'oreille adroitement volé !

Mais toi, maître épervier, qui te mets en dépense,

J'ai peur que tu n'en sois pour tes frais d'éloquence !

De tes discours je vois la fin :

Tu voudrais bien m'avoir pour pâture à ta faim !

Tu peux partir, beau sire ;

Je ne bougerai de mon coin

Pas plus que si j'étais de cire.

En restant bons amis, nous nous verrons de loin. »

XIII

LES DEUX BŒUFS

— « Chaque jour que l'aube ramène,

Murmuraient deux bœufs tout grondeurs,

Nous voit sous le faix des labeurs

Succomber, mourir à la peine !

Penchés sur nos sillons ardus,

Sommes-nous haletants, rendus,

Sur nos dos l'aiguillon promène

Sa pointe féconde en douleurs.

Loin de nous donc herse et charrue !

C'est d'eux que viennent nos malheurs !

Le rude travail qui nous tue

Auprès de nous n'aura plus cours,

Et nous voulons qu'on s'évertue

Désormais sans notre concours ! »

Voyons la fin de la bravade.

Pour ma part, de cette algarade

Je suis loin d'attendre un grand bien.

A son heure le fermier vient.

— « Allons, tôt ! que l'on se dépêche !

L'aurore brille, et rien n'empêche

D'aller labourer notre champ ! » —

— « Laissez-nous chômer à notre aise,

Dit l'un des bœufs d'un air méchant.

Le joug, votre soc, tout nous pèse !

Il nous faut un plus long repos.

Se lever tard est la devise

Que nous prenons, sans plus de mots.

A rendre moins lourds nos travaux

Il est bien temps que l'on avise ;

Nous dormirons pour aujourd'hui ! » —

Le paysan reste ébahi.

Du bâton usant pour réplique,

Avec son fouet il s'applique

A pousser l'orateur dehors.

Coups inutiles, vains efforts !

— « Quoi ! c'est ainsi que l'on me joue !

Puisqu'au labeur on fait la moue,

Mon bel ami, vers l'abattoir,

Dit le rustique dans sa rage, —

Vous irez tout droit dès ce soir. » —

De l'autre côté du village

Le boucher avait son séjour.

On tue, on vend le même jour

Le bœuf têtu, qui de sa vie

Paie un refus malencontreux.

Son compagnon, qui point n'envie

Un dénoûment aussi fâcheux,

S'en va vite vers l'attelage.

— « Vivre, pensa-t-il, est fort sage !

On ne meurt, parbleu ! qu'une fois.

Dussions-nous labourer pour trois,

Gardons d'être mauvaise tête !

Au travail je veux faire fête ;

L'affreux boucher, qu'on va quérir

Lorsque les gens font les rebelles,

A pour lui des allures telles,

Qu'il sait nous apprendre à souffrir !

Résister, c'est faire une école ;

Baissons d'un cran notre parole :

Mieux vaut travailler que mourir ! »

XIV

LA NOIX

Avec son précepteur, un jour, en promenade,

Un jeune enfant trouve une noix,

Et , tout content, le voilà qui gambade,

Tournant et retournant son bien entre ses doigts.

Mais de sa coque verte

La noix malencontreuse était encor couverte ,

Et , quand de l'entamer il se met en devoir,

C'est par une grimace abominable à voir

Qu'il se plaint de son amertume.

— « On a pourtant, dit-il, l'insipide coutume

De vanter ce fruit si menteur,

Acre à ce point qu'il fait sauter le cœur !

Je suis bien revenu pour lui de mon estime. » —

Le maître souriait tout bas de sa fureur.

— « Retenez bien cette sage maxime,

Répond-il au gamin en ramassant le fruit

Qu'en son courroux il a jeté par terre :

Chaque bienfait s'obtient en le payant son prix,

Et ne peut s'acquérir que moyennant salaire ;

Il y faut mettre quelque effort.

Pour profiter de votre aubaine,

Mon ami, dépensez une légère peine,

Et vous loûrez le don que vous a fait le sort.

Enlevez cette écorce amère,

Au goût fâcheux, et qui vous désespère,

Ce point demande peu d'apprêts.

Changeant d'avis, vous nous direz après

Si cette noix n'est point bonne. » —

Mes enfants, retenez ceci :

Fort semblable à la noix , à son début aussi

Le travail est pénible , et le mal qu'il vous donne

Fait bien souvent couler vos pleurs !

Mais une fois qu'on touche au terme,

Les fruits·exquis qu'en son sein il renferme

Paraissent à nos yeux et plus doux et meilleurs.

XV

LE DESSUS DU PANIER

Venu dans un marché pour faire un bon profit,

Au plus haut prix possible écoulant ses denrées,

Un certain paysan, qui s'aidait d'un grand bruit,

Montrait à tous les yeux, par le soleil dorées,

Des fraises d'un parfum vraiment appétissant,

Et dont le vif éclat séduisait le passant.

Un gourmet, les lorgnant, désire en faire emplette,

Les paie à beaux deniers, et sa joie est complète

Lorsqu'il met sous son bras l'objet de ses désirs.

Pour son palais friand quels délicats plaisirs !

Il les goûte, et leur trouve une saveur exquise.

Rien qu'un moment encore, hélas ! et sa surprise

Va lui porter au cœur un coup bien douloureux !

Il est de ces chagrins dont l'atteinte vous glace !

Sa main vient d'enlever dans ces fruits savoureux

Ceux qu'on avait placés en haut, à la surface ;

Mais quand notre acheteur, ainsi sur le dessus

En eut pris cinq ou six qui fondaient dans la bouche,

Il comprend sans tarder qu'il faut pour le surplus

Venir à cet aveu, deuil amer qui le touche !

Que son madré vendeur est un fieffé fripon,

Digne d'être pendu pour le moins à sa porte.

Le restant ne vaut pas la peine qu'il l'emporte !

Le paysan avait, — le tour était-il bon ?

Nous n'osons prononcer en pareille matière, —

Caché, tout dans le fond, d'une adroite manière,

Des fraises d'un goût fade et dans un tel état

Qu'elles auraient, d'honneur, avec cette figure,

A bon droit déparé le dessert d'un goujat !

Le dessus du panier, en cette conjoncture,

Se trouve chez les gens tout aussi bien qu'ici.

De dévoûment pour vous leur langage est farci !

Ils ressemblent par trop aux fraises de ma fable !

Il ne leur coûte point, ayant l'abord affable,

De promettre beaucoup et de fort peu tenir.

A de pareils appâts ne vous laissez point prendre.

Le dénoûment pourrait attrister et surprendre :

Avant tout, c'est au fait qu'il faut les voir venir.

XVI .

L'ARAIGNÉE ET LE MOINEAU

La raison , bonne conseillère ,

Nous interdit les projets insensés ;

Mais toujours les cœurs blessés

N'écoutent rien que leur colère !

Une araignée avait , dans son courroux ,

Affirmé qu'un moineau périrait sous ses coups.

— « Par mes grands dieux, le bon apôtre,

Disait-elle, j'en fais serment ,

Me soldera sa dette un de ces jours ou l'autre.

Il serait beau, ma foi, qu'il en fût autrement !

Il mourra par mon fait et par mes artifices.

Nous lui ferons ainsi bien payer ses malices.

Par bravade et pour se moquer,

Tandis qu'avec lenteur, moi, je viens attaquer,

Les mouches, en usant d'une longue ruse,

Lui, comme un gamin qui s'amuse,

En l'air, ouvrant le bec, vous les happe d'un coup!

Quel mal a-t-il? Aucun; et quand la proie arrive,

Il n'a besoin que d'allonger le cou.

Vengeons-nous! Ce disant, elle court, preste et vive,

Tendre ses fils en un endroit

Où l'on passait fort à l'étroit.

C'était là que souvent, auprès de sa rivale,

Prenant son air le plus hardi,

Volait souvent notre étourdi.

— « Qu'il y vienne, et l'heure fatale

Va sonner pour ses destins,

Pensait notre araignée en se frottant les mains,

Comme un vainqueur qui croit déjà tenir sa prise.

Dans ces filets qu'il maudira

Je rirai fort de sa surprise ;

Certes, les lacs sont bons, le sot y trouvera

Son dernier jour, sa dernière heure,

Rien ne manque pour qu'il y meure ! »

En effet, le moineau, sans se douter de rien,

Ainsi que l'autre y comptait bien,

Va droit s'abattre sur la toile'

Qui devait causer son trépas.

Mais pas le moindre échec n'assombrit son étoile;

Son aile de cet embarras

En un clin d'œil le dégage ,

Et sans tarder il court dans un autre parage.

Bien autres furent les revers

De l'araignée , à qui la fortune équitable

Devait à la rigueur cette fin lamentable !

Notre moineau l'emporte dans les airs ,

Elle, sa toile et son bagage,

Accident très fâcheux dont l'araignée enrage !

La mort n'était pas loin : l'insecte, à quelques pas,

S'accrocha par lambeaux aux coins d'une fenêtre ;

Le néant devint son maître,

A cette course heurtée il ne résista pas !

Pourquoi diable aussi la pécore

Oubliait-elle un point ?

Se venger est doux, mais encore,

En esprit sage, on ne va point

Imprudemment livrer bataille

A des rivaux plus grands que soi !

Bien avant de leur chercher maille,

Il est prudent de mesurer leur taille

Pour éviter tout désarroi !

XVII

L'ENFANT ET LA ROSE

Un jardin fleurissait sous la douce caresse

Du gai printemps, qui, nulle part ailleurs,

  N'avait avec tant de richesse

A l'œillet, au jasmin, prodigué leurs couleurs.

C'était un vrai concours et d'éclat et d'odeurs !

  Un matin fraîchement éclose,

  Et brillant dans sa majesté,

  Dans un groupe embaumé la rose

  Tenait surtout le regard arrêté.

Léon, un écolier à la tête légère,

3*

Franc étourdi qui ne calcule guère

S'il est prudent ou non d'agir avec lenteur,

Court droit à la branche où la fleur

Se balance coquette et fière !

Du jardinier la voix sévère

Veut avertir l'espiègle enfant :

« Prenez garde aux piquants dont la rose est garnie !

Le dard aigu qui la défend

Laissera peu votre audace impunie. »

Lui cria-t-il de loin.

Mais Léon ne l'écouta point ;

Puis il alla pleurer dans les bras de sa mère,

Car l'épine fâcheuse à sa main fut amère.

Pour séduire les sens et se parer d'attraits,

La passion est bien habile ;

Sous les fleurs cachant ses traits,

Elle apparaît aux yeux et moins laide et moins vile,

Et se fait belle avec apprêts !

C'est ainsi qu'elle arrive à bien voiler l'abîme

Qui s'appelle oubli, vice, ou crime !

On ne voit que la fleur à l'éclat pur et frais,

Mais le gouffre est là tout près.

XVIII

LES COQUELICOTS ET LES BLÉS

Un laboureur, sa femme, avec leurs deux enfants,

Se promenaient à travers la campagne.

Frère et sœur, les gamins, étourdis, triomphants.

Comme on fait à leur âge où la joie accompagne

Tous les gais passe-temps, tous les folâtres jeux,

Cueillaient force bouquets qu'ils partageaient entre eux,

Et d'un commun accord ils faisaient la grimace

Aux longs épis de blé qui leur cachaient les fleurs.

« Ces beaux coquelicots aux riantes couleurs

Devraient, s'écriaient-ils, avoir bien plus de place !

Ils ont bien droit à nos faveurs.

Leur brillant de beaucoup l'emporte

Sur ce blé, qui s'y prend pourtant de telle sorte

Qu'il les dérobe à nos yeux ;

Tout laid qu'il soit sorti des mains de la nature,

Il se carre en ce champ : oh ! qu'il est ennuyeux !

Peut-être il se figure

Que sa tige si grêle est d'un effet charmant.

Il se trompe assurément ! »

— « Enfants, leur dit leur père,

Votre langage, avant peu, je l'espère,

Ne s'entêtera plus à louer un seul point,

La futile beauté, — richesse passagère ! —

Le mérite sans faste et qui reste en son coin

Désireux de se mettre à l'abri du tapage

Et du fracas qu'il n'aime point,

A bien ces épis pour image,

Et les dédaigner n'est point sage.

Leur grain n'a pas l'éclat, il n'a pas la splendeur

De ces coquelicots que prise votre erreur ,

Et qui s'attirent votre hommage.

Il est utile , et ceci vaut bien mieux.

Le vrai mérite est simple et se montre modeste ,

Le fat à chaque instant prend l'air pimpant et leste,

Son bagage en revanche est toujours spécieux :

Coquelicots et blés nous les peignent tous deux ! »

DEUXIÈME LIVRE

I

L'ÉPINE BLANCHE ET LE FIGUIER

Radieuse, fleurie, et pleine d'airs coquets,

Mais d'arrogante humeur, certaine épine blanche

Sous le soleil d'avril étalait sur sa branche

De ravissants bouquets

Qu'elle devait au beau printemps en fête !

Un figuier près de là, beaucoup moins en toilette,

Pour notre épine était un objet de mépris !

D'un ton de rustre et de vrai mal-appris :

— « Tu fais, mon cher, dit-elle, une sotte figure ;

Ta feuille verte et sombre, à l'air lugubre et froid,

Est d'un contraste qui jure

Avec l'éclat charmant que l'on admire en moi.

Va porter plus loin ta tristesse ! »

Le figuier, interdit, que blesse

Cette rude apostrophe à l'accent orgueilleux,

Lui répond d'un ton sérieux :

— « Tu mets trop de hauteur, ma mie, en ta parole,

Et c'est, si tu m'en crois, être peu dans ton rôle,

Cela soit dit entre nous deux !

Briller, songes-y bien, ce n'est point être utile.

Si je n'ai poin tes fleurs, éclat nul et stérile,

Quand l'automne viendra m'enrichir à mon tour,

Mon triomphe aura son beau jour.

Toute une foule qui s'empresse,

Applaudissant à ma richesse,

En chantant cueillera mes fruits !

Entre nous deux la différence est grande.

Sur la table des rois le figuier dont tu ris

Sera fêté par tous, et la lèvre gourmande

Y trouvera du prix.

Toi, la dame aux grands airs, à la superbe allure,

Et dont ne voudront point les plus vils des oiseaux,

Tu chercheras en vain dans toute la nature

Ceux qui feront la cour à tes buissons si beaux.

Lorsqu'on fait fuir jusqu'aux corbeaux,

On doit dans ses dédains mettre plus de mesure. »

Voyons le dénoûment, et non point le début.

Pour qu'on le blâme ou qu'on l'approuve,

Ce n'est pas aux bourgeons, c'est aux fruits qu'on éprouve

L'arbre qu'il faut vanter, ou bien mettre au rebut.

II

LE SOLLICITEUR ÉCONDUIT

Ne nous déguisons pas! — Corriger la nature

Parfois peut nous valoir un quolibet railleur,

Et garder son visage est encor le meilleur,

Fût-on laid ou vieux d'aventure!

Faisant la chasse aux emplois,

Certain barbon courait les antichambres.

Les courbettes avaient si bien brisé ses membres,

Qu'il avait plus vieilli, je suppose, en dix mois,

Qu'il n'eût fait en dix ans au fond de sa demeure.

Il n'arrivait à rien ! — « La peste, que je meure !

Prendre la lune avec les dents,

Commençait-il à dire, est, ma foi ! plus facile

Que réussir là-dedans ! »

Il se lassait enfin d'élire domicile

A la porte des huissiers.

— « De bons certificats et des meilleurs papiers

Vous auriez plein une corbeille,

Lui souffla quelqu'un à l'oreille,

Qu'a vos succès encore il serait peu d'espoir !

Des ans vous touchez au soir :

Usez de cette confidence,

Et profitez de mes avis.

Vous avez bien passé cinquante ans, je le pense ;

Je puis vous le dire entre amis,

On aime ici les gens à figure assez jeune !

Sans vous blesser en rien, on croirait que le jeûne

Au front s'est occupé de vous creuser des plis ;

Et puis à vos cheveux , que déjà l'âge argente ,

Donnez une couleur moins vieille et plus charmante ,

    Vos vœux alors pourront être remplis !

En un mot , prenez-nous une allure gaillarde. —

Contre un pareil conseil loin de se mettre en garde ,

Le sot quidam y croit, et teint du plus beau noir

Ses cheveux blancs ou gris , au moyen d'une drogue ;

Puis vite au ministère il court se faire voir.

    Il a déjà l'air orgueilleux et rogue

D'un parvenu qui monte au faîte des honneurs ,

Et qu'on doit pour le moins pourvoir d'une province !

On l'introduit auprès du favori du prince.

— Le ministre aussitôt quitte ses auditeurs ,

    — Il avait reconnu notre homme ! »

Et l'abordant avec des airs moqueurs :

« De vos pas , croyez-moi , soyez plus économe.

Je n'ai dans mes bureaux nulle place à donner.

Votre espoir est de ceux qu'il faut abandonner.

Cette réponse, hélas! qui ne peut vous complaire,

Je l'adressai déjà, s'il m'en souvient un peu,

Pas plus tard qu'hier soir, à monsieur votre père,

Qu'on voit assidûment chaque jour en ce lieu ! »

III

LE FERMIER, LE VOLEUR ET LE CHIEN

Où le maître a péché pâtit le serviteur ;

A le gronder vite on s'empresse.

Le maître a fait le mal ; mais il faut pour l'honneur

Qu'imprudence ou maladresse,

Tout s'expie à grands frais sur le dos du valet.

Si l'amour-propre est sauf, le calcul est fort laid.

Claude, un fermier du voisinage,

Eut un beau soir la cervelle à l'envers,

Et, l'esprit occupé de soins bien trop divers,

De tirer les verrous oublia qu'il est sage.

Claude se couche, et laisse ouvert à deux battants

Son poulailler, riche domaine,

Qui laissait voir à tous venants

Des volatiles fort tentants.

Les poulets du terroir et les chapons du Maine

Dormaient là côte à côte, et sans efforts ni peine

On pouvait les voler ; on les vola trop bien.

Un drôle du canton, ne laissant jamais rien

Du lucre offert par la fortune

Tomber au coffre des voisins,

Rôdait dans ces quartiers, qu'éclairait peu la lune.

Il était de ces coquins

Se contentant de peu de chose,

Dont la maraude se propose

De vivre sur les menus gains

Que leur procure leur malice.

Le larron eut le bénéfice

De la sottise du fermier.

Ce soir-là bien des coqs, pris dans leur premier somme,

Passèrent du perchoir dans le sac de notre homme,

Sans qu'il leur accordât de répit pour crier !

En maraudeur habile et du fait coutumier,

D'un pied leste et furtif il sait battre en retraite,

Tout joyeux de son larcin !

Au logis jugez de la fête,

Lorsque le maître put contempler, au matin,

L'œuvre de cette nuit en désastres féconde !

S'en prenant à son chien !

« — C'est ainsi qu'on garde mon bien ! »

S'écriait le fermier, qui tempête et qui gronde ;

Puis, brandissant un lourd bâton noueux,

Il joint le fait à la parole,

Gourmande et frappe à tour de rôle

L'infortuné Castor, qui hurlait bien pour deux.

« — Ce n'est point moi le vrai coupable,

La faute vient plutôt de vous,

Disait Castor entre les coups,

Et, si vous êtes équitable,

Vous conviendrez qu'un maître a toujours tort

De ne point regarder si les portes sont closes !

Est-il dit dans nos clauses

Que, vous manquant de soin, c'est le dos de Castor

Qui recevra la réprimande ?

Vous fautif, est-ce moi qui dois payer l'amende ? —

« — Tu raisonnes, sur ma foi ! »

Réplique Claude, entrant en grand émoi,

Et le bâton va de plus belle !

« — Succombons sans que j'en appelle,

Se dit le pauvre chien meurtri ;

C'est pourtant chose cruelle,

Ajouta-t-il tout bas, de souffrir pour autrui ! »

IV

LES DEUX PRODIGUES

Deux prodigues, deux fous, à chaque angle de route

Mettaient leurs pièces d'or en complète déroute.

Les maisons, les billets, en fondant dans leurs mains.

De fêtes et de fleurs égayaient leurs chemins !

Leur vertige, on l'eût dit, s'était, dans sa démence,

Fait un faux point d'honneur d'outrer toute dépense !

La vitre étincelait au logis chaque soir

Des mille feux d'un bal tout ravissant à voir !

Les cartes et les dés aux mobiles caprices

Entr'ouvraient sous leurs pieds de glissants précipices.

— Les courses, les chevaux, avaient aussi leur part

D'une fortune, hélas ! gaspillée au hasard.

On parlait d'eux, un jour, devant un homme sage,

Et qui pressentait bien, ainsi que c'est l'usage,

Quel dernier acte aurait un drame à si grand train !

Ils refusent, dit-il, de subir aucun frein,

Et leur fureur paraît, tonneau des Danaïdes,

Escamoter l'argent dans leurs mains toujours vides.

Or là comparaison qui peut leur convenir,

Dans cet emportement que l'on verra finir,

C'est qu'entassant ainsi prouesse sur prouesse,

Ils ont bien l'air de gens qui, pris de politesse,

Devant un hôpital se font mille saluts.

Dans le combat outré que livre leur dépense,

Je ne prends pas sur moi de prédire à l'avance

A quel jour bien précis, à quelle heure non plus,

Nous les verrons entrer dans ce lieu de misère.

Dire aussi qui d'entre eux y viendra le premier,

Quand ils auront vidé leurs sacs jusqu'au dernier,

Importe, à mon avis, faiblement à l'affaire;

Mais je n'éclaire pas un cas trop épineux

En affirmant bien haut qu'ils y viendront tous deux !

V

L'ÉLÉPHANT, LE PAON ET LA TAUPE

Tel se plaint de son sort qui serait bien content

S'il songeait qu'il peut être pire,

Écrit le sage Florian ,

Et pour le confirmer d'autant ,

Voici qui vient encore à l'appui de son dire.

Le Paon et l'éléphant , désolés , abattus ,

Et tout haut s'avouant confus ,

S'entretenaient de leur figure.

Ils se contaient au long leurs dépits, leurs regrets.

« Oh ! c'est un fait exprès ,

Un tour que m'a joué madame la nature »

Disait surtout le Paon avec beaucoup d'aigreur !

« Elle m'a bien doté dans sa pompe brillante

D'un écrin qui sut prendre au rubis , à la fleur,

Et leur magie et leur fraîcheur ;

Mon plumage ravit, il étonne, il enchante ;

Mais, tout prêt à vanter des dons si merveilleux ,

Je regarde mes pieds, et je ris de moi-même ,

Tant leur laideur saute aux yeux.

Puis-je avec eux songer à mon beau diadème ,

Dont un roi, me dit-on, a droit d'être jaloux ?

L'éléphant , secouant la tête :

« Permettez que je vous arrête.

C'est s'emporter par trop , mon voisin, entre nous ,

Qu'accuser si fort la fortune !

Elle fut à plaisir libérale envers vous ;

Auprès du mien votre partage est doux.

Vos pieds ne sont qu'une faible lacune

Dans les présents qu'on vous a faits !

Mais voyez mon oreille aux dessins contrefaits,

Voilà ce dont je puis me plaindre ! »

« Vous êtes fous tous deux, je vous le dis sans feindre,

Leur répondit la taupe assise auprès de là.

L'un de vous a la force, et l'autre tant d'éclat

Que tous les feux du jour, la perle la plus belle,

Peuvent pâlir, comparés aux splendeurs

Dont sa queue est parée en ses mille couleurs !

Chez moi, bien au contraire, éclate et se révèle

Le deuil affreux qu'entraîne derrière elle

La plus amère des douleurs !

Je vis au sein d'une nuit éternelle !

Le soleil à mes yeux a-t-il jamais lui ?

Qu'ai-je à voir aux beautés que l'on admire en lui ?

Taisez-vous, votre plainte est folle.

A l'indigne procès que vous faites au sort

Si vous voulez donner l'essor,

Il vous faut avec moi, messieurs, changer de rôle.

O bavards mécontents, laissez-nous en repos,

Et cessez vos regrets, qui sont un vrai blasphème !

Vous vous montrez ingrats ! — En mère qui vous aime,

La nature vous fit et vigoureux et beaux.

Je ne sais rien de pire

Que vos injustes propos.

Glorifiez ses dons plutôt que d'en médire,

Ou bien pour vous prenez mes maux !

VI

LE PARVENU

Un laquais insolent, enrichi par hasard,

Affectant de grands airs, se montrait plein de morgue ;

Toisant les gens à pied d'un air superbe et rogue,

Il les éclaboussait des hauteurs de son char !

C'était un parvenu, — le mot doit vous suffire.

Ses armes, qu'en tous lieux on le voyait produire,

Pouvaient fort bien porter, en forme de sautoir,

Un paon faisant la roue, image du beau sire :

De son altière humeur c'eût été le miroir.

Son luxe était cité, ses habits sentaient l'ambre,

4*

Et des valets nombreux gardaient son antichambre.

Des plus folles splendeurs décorant son logis ,

Il cachait à grands frais avec un faux vernis

Qu'avant d'être au salon il était à l'office.

Un jour à haute voix il appelle son suisse :

— « Qu'on attelle, — je sors. » Sa calèche au perron

Arrive avec fracas sur un ordre aussi prompt.

Dans la cour de l'hôtel tous les porte-livrée

Se pressent sur ses pas, suspendus à sa voix.

C'est presque autant de bruit qu'il s'en fait chez les rois.

Un si splendide éclat tient son âme enivrée ,

Et, troublant son esprit, éblouit son regard.

Notre homme à sa calèche allait droit sans retard ,

Mais, poussé par le jeu d'un ressort invisible,

Subissant tout à coup la puissance invincible

De son ancien métier — contre-temps bien fàcheux —

De sa voiture , au lieu de franchir la portière ,

Notre sot parvenu se hisse par derrière.

Les valets étaient là qui souriaient entre eux.

Portant comme une croix sa grave étourderie,

D'un quart de sa fortune il eût, je le parie,

Payé de très grand cœur, et sans demander mieux;

L'absence de témoins dans ce fait malheureux.

VII

LA TORTUE

Aux animaux créés par sa toute-puissance

Jupiter résolut de faire hautement voir

Qu'il était prêt pour eux à la munificence !

Mercure fut par lui chargé d'un plein pouvoir ;

Il devait tous les prendre aux deux bouts de la terre,

Et les conduire aux pieds du souverain des cieux.

— Dans l'Olympe on les vit pénétrer soucieux.

Dans quel but et pour quelle affaire

Nous mande-t-on là-haut ? se disaient-ils entre eux.

Jupin laissa dormir ce jour-là son tonnerre ,

Et les accueillit de son mieux.

« Je veux à mes présents ne point mettre de borne.

Approchez, leur dit-il d'un ton plein de bonté.

D'abondance je tiens la corne,

De tout ce qu'elle enferme usez à volonté ;

Talent, force, beauté, richesse,

Je ne refuse rien, — choisissez à loisir.

Je veux combler chaque désir ! »

Bien vite alors chacun s'empresse

De réserver pour soi ce qui flatte ses goûts.

Entre les dons offerts, les meilleurs, les plus doux,

Sans le moindre délai s'enlèvent, comme on pense.

La tortue en un coin se tenait en silence.

« Vous qui restez à l'écart,

Vous risquez d'arriver trop tard,

Lui dit, l'encourageant de la voix et du geste,

Jupiter, qui l'appelle à lui.

Parlez à votre tour, sans faire la modeste :

J'entends vous rendre heureuse et contente aujourd'hui ! »

— « Oh ! mon souhait à moi, dit-elle, se compose

D'un rien, de la moindre chose.

Vous qui pouvez d'un mot accomplir tous les vœux,

Maître puissant, ce que je veux,

C'est qu'avec moi, partout, selon ma fantaisie,

Je puisse sur mon dos, n'importe en quel endroit,

Emporter la maison que je me suis choisie.

A la tortue accordez ce seul droit,

Et, sans trop vous mettre en dépense,

Vous aurez, le faisant, assuré son bonheur. »

— « C'est un point accordé d'avance » ;

Repart Jupin ; mais j'aurais cru, d'honneur !

Que tu m'aurais demandé davantage.

— « Est-ce donc, selon vous, un chétif avantage,

Et qu'il faille avoir en mépris,

Répondit la tortue avec assez d'esprit,

Que ce bienfait si désirable

De pouvoir après soi traîner son lit, sa table,

Sans qu'on dépende en rien de ces voisins fâcheux

Qui font la vie insupportable!

Nous gênent-ils, on va loin d'eux

Trouver la paix que nous refuse

Le pénible contact dont malgré soi l'on use.

Vivre ainsi tout près des gens,

Quand leur humeur vous pèse est, sauf avis contraire,

Un vilain mal, qu'il faut, avec des soins urgents,

Chasser bien loin de nous quand cela peut se faire.

La tortue en cela fit preuve de raison.

Les voisins ennuyeux existent à foison :

A les fuir on doit prendre une peine assidue ;

Le mal est qu'on ne peut, ainsi que la tortue,

Assez loin d'eux emporter sa maison !

VIII

LES PANTINS DE BOIS

D'un spectacle forain égayant les tréteaux,

Des pantins bien en ligne amusaient les badauds;

Ils faisaient vraiment merveille,

Et ne ménageaient point les gambades, les sauts.

En joyeux amateur du doux jus de la treille,

Riche d'un vermillon qui s'en fort sa bouteille,

A grands coups de bâton assommant ses rivaux,

Polichinelle en colère

S'en donnait à cœur-joie avec le commissaire,

Et mettait sans merci le pauvre homme en lambeaux !

Puis le diable à son tour le prenait par l'oreille,

Et l'emmenait jusqu'aux enfers.

— D'une bande d'enfants la gaîté sans pareille

Fête avec de grands cris des masques si divers ;

Leurs battements de mains font retentir les airs.

— « Papa, disait l'un d'eux , vois donc Polichinelle,

Regarde bien , c'est qu'il est très vivant. »

On l'eût fort étonné lui montrant la ficelle

Qui guide à droite, à gauche, en arrière, en avant,

Nos bonshommes de bois aux gestes si dociles.

Gens aux courbettes faciles,

Quêteurs d'emplois ou courtisans,

Qui venez parader sous les yeux des puissants,

Vous avez, on le sait, pour vrais, pour seuls mobiles,

— Vif aiguillon s'exerçant sur vos cœurs, —

L'ambition, le désir des grandeurs !

O pantins d'une autre espèce,

Où prenez-vous cette souplesse

Qu'on remarque en vos faits ainsi qu'en vos discours?

Sous le fil qui vous meut avec tant de prestesse,

C'est plaisir d'admirer vos tours!

LA POULE ET L'HIRONDELLE

Une poule en son nid trouva par aventure

Des œufs qui n'étaient pas les siens :

Un serpent d'à côté, le plus grand des vauriens,

En quête d'un abri pour sa progéniture,
De ce nid avait fait un asile au hasard.

A cette famille peu sûre

La poule charitable accorde sans retard

Tous les soins caressants qu'inspire la nature

A la plus tendre mère envers ses nourrissons,

Et les œufs du serpent sont échauffés par elle

Sans qu'elle veuille en rien y mettre des façons !

Près du logis volait une hirondelle ,

Celle-ci lui cria : Nous verrons quelle part

Vos enfants adoptifs vous garderont plus tard ,

Et de quel beau salaire ils paîront votre zèle.

Ces serpenteaux , sitôt qu'ils seront forts ,

Sur vous-même voudront essayer leur malice.

Si vous désirez vivre , imprudente nourrice ,

Jetez-nous ces méchants dehors !

Obliger des pervers , c'est de l'ingratitude

Vouloir à ses dépens faire une triste étude.

X

LE CADRAN SOLAIRE

Le jour fuit à peu près la terre ,

Et les visiteurs , moins nombreux,

Ne vont plus au cadran solaire ,

Dont se sont détournés leurs yeux.

On le quitte sans plus d'encombre ;

Il est seul maintenant que l'ombre

A paralysé son pouvoir !

Ce cadran, ce qu'il nous fait voir

Est l'image de la fortune.

Des revers la leçon commune

Sert à nous démontrer ce point,

Que notre mobile entourage,

Lorsque vient à souffler l'orage,

Se disperse bien vite au loin.

Combien de gens sur ton passage

Te fêtent aux jours du succès !

Mais si ton bonheur fait naufrage,

Regarde bien et compte-les !

Le sort sait, fâcheux ou prospère,

Par habitude se complaire

Dans ces enseignements railleurs.

Il est aussi cadran solaire,

Et c'est, selon qu'il l'a permis,

D'après son ombre ou sa lumière,

Qu'il nous faut compter nos amis !

XI

LES EFFETS D'OPTIQUE

Pour la première fois visitant un théâtre,

Un villageois naïf ouvrait de très grands yeux

Pour mieux admirer l'or et la pourpre et l'albâtre

Qui pendaient en festons aux lambris gracieux

D'un salon qu'on voyait, en avant, sur la scène.

Les acteurs, ce soir-là, dans leurs plus beaux atours,

Avaient sur leurs habits prodigué le velours,

Et sur leur sein la perle à la perle s'enchaîne !

Stupéfait, il demande à quelqu'un qu'on le mène

Voir de plus près encore un luxe aussi charmant.

Franchissant la coulisse, il contemple à son aise

Sur le dos du marquis son pourpoint et sa fraise.

« Eh quoi ! cette dentelle est du papier, vraiment !

Ce marbre est en carton ! M'en croirai-je moi-même ? »

A chaque pas qu'il fait, sa surprise est extrême.

La céruse et le fard enlaidissant les fronts

A dessiller ses yeux ne furent que trop prompts.

« D'éloges en ces lieux pour se mettre en dépense,

Il faut, je le comprends, demeurer à distance, »

Dit-il, en faisant fi de ce clinquant menteur.

Ce mot peut s'appliquer à certaine grandeur,

Qui de loin, à plaisir, se drape dans sa pose. —

Sans la scruter à fond, on en pense un grand bien !

Voyons-la face à face, et c'est bien autre chose :

Le masque tombe à terre, il ne reste plus rien !

LE NID D'OISEAUX

Afin d'être gardés contre toute infortune,

Sur le faîte d'un chêne à hauteur peu commune

Deux oiseaux placèrent leur nid.

« Par ce soin, disaient-ils, nous devons nous attendre

A voir de notre seuil tout désastre banni :

Quel gamin, en effet, si haut viendra nous prendre

Ce fruit que notre hymen nous a rendu si tendre,

Et risquera sa tête à faire un tel trajet?

Il faudrait être fou pour nourrir ce projet! »

— Cette précaution, loin de leur être utile,

Fut cause que la mort entra dans leur asile.

On sait assez, le fait n'est plus nouveau,

Que le terrible tonnerre

Aime sur les sommets à montrer sa colère.

La foudre, atteignant l'arbre, emporta le berceau !

Pour les pauvres petits il se change en tombeau !

Dans l'âme des parents cette perte cruelle

Mit un deuil qui dura long-temps.

Aussi, lorsque, dotés par un autre printemps

D'une couvée encor plus belle,

Ils eurent à choisir un moins fatal logis,

C'est au pied d'un arbuste, entouré de fougère,

Et presqu'à fleur du sol, pour ne point être pris

Par un malheur aussi contraire,

Qu'ils s'en vinrent cacher leur famille si chère.

Mais les soins les meilleurs n'ont pas toujours leur prix.

S'y prenant d'une autre manière,

Du destin la rigueur sévère

Les frappe de nouveau par un semblable coup !

De faméliques vers de terre

Des seconds oisillons vinrent bientôt à bout !

Un tel régal flattait leur fantaisie ;

Pour ces messieurs, les manger fut un jeu ;

Ils en eurent raison en rampant rien qu'un peu ;

Sans remords on les vit contenter leur envie !

Si de l'arbre le nid eût tenu le milieu,

De nos oiseaux pourtant rien n'eût troublé la vie.

Ni trop haut ni trop bas, voilà le sûr endroit.

C'est la devise des sages !

Et si tu t'en tiens là, tu peux te croire en droit

De n'avoir point du sort à craindre les orages.

XIII

LA COQUETTE ET LE MIROIR

Une coquette au cœur sentait un vif chagrin :

La dame avait trente ans, — date sombre et fatale,

Et qui sur la beauté met un reflet plus pâle,

    — Blessure grave qui l'atteint. —

Elle voyait les jours emporter sur leur aile

    Ses attraits s'en allant grand train !

Aussi, pour s'éclairer, sous sa main avait-elle

Un miroir, consulté souvent par son regard.

Mais rien n'y faisait plus ; — le carmin ni le fard

Ne pouvaient du miroir déguiser la franchise :

Il faut bon gré malgré que l'insolent prédise

La fuite des printemps l'approche des hivers.

Un beau jour à son front il fait voir une ride :

Jugez de son courroux ! — Aussitôt dans les airs,

D'un geste emporté, rapide,

Elle lance sa glace et la brise en morceaux.

— « Vous n'êtes bon à rien, ô miroir infidèle,

S'écrie en même temps la belle,

Et c'est ainsi que je punis les sots

Qui chaque jour aux faits donnent couleur nouvelle,

Et revêtent des airs changeants.

Je me rappelle assez qu'on me trouve jolie,

Et d'être sottement ainsi contraire aux gens

Vous n'eûtes point toujours la laide fantaisie ! »

— Le miroir repartit : « Je ne trompe jamais.

Me briser est injuste, et c'est une folie.

Naguère vous charmiez par l'éclat de vos traits,

Mais aujourd'hui le temps a voulu par malice

Que le matin chez vous cédât la place au soir ;

Et je sais peu, des gens écoutant le caprice,

Arborer, à leur goût, soit le blanc, soit le noir.

Les ans pleins de rigueur changent votre visage,

Femme, voilà pourquoi j'ai changé de langage.

Les hommes sont menteurs, afin d'être galants ;

Moins habile, un miroir ne sait qu'être lui-même ;

Il est parfois d'une rudesse extrême,

Et ne se masque point avec de faux semblants ! »

— Des vérités cette glace est l'emblème :

Si leur parole est douce, on les flatte, on les aime !

Osent-elles blâmer nos défauts ou nos torts,

Nous trouvons leurs propos bons à mettre dehors.

LES DEUX ANES

Un pauvre âne pelé se chauffait au soleil.

Il était clair, à sa piteuse mine,

Qu'il souffrait fort de la famine.

Près de lui folâtrait, gras, puissant et vermeil,

Un compagnon de la même famille ,

Mais âne évidemment de très bonne maison.

A voir son poil lustré qui brille,

On juge au râtelier qu'il a tout à foison. —

Ce dernier, en richard dont la table est choisie,

Eparpillant son herbe à l'aise à travers champ ,

Broutait du bout des dents par pure fantaisie.

Il s'en allait prêchant

Son malingre voisin, qui portait bas la tête.

— « Pourquoi nous prenez-vous ces airs si languissants ?

En résumé, la vie a bien ses jours de fête,

Et ses charmes sont puissants !

De soleil et de pluie

Tout se mêle ici-bas, sans en aller plus mal.

Quand on y réfléchit, s'attrister est folie !

Montrer un front égal

Aux biens ainsi qu'aux maux est la vertu suprême !

Accueillez le temps comme il vient ;

Prenez exemple sur moi-même :

Je n'ai jamais, autant qu'il m'en souvient,

Vu qu'à fléchir sous la fortune

On arrivât à corriger ses coups ! »

— « Si tous les jours je dînais comme vous,

Je montrerais une âme moins commune,

Et me résigner serait doux,

Répondit aussitôt l'autre ânon qu'on gourmande ;

Mais à vos arguments pour mieux que je me rende,

Faites-moi servir à manger !

A vos discours, alors, sur l'heure, je me fie,

Et de tournure et d'air vous me verrez changer. »

Charlatans de philosophie,

Le monde est plein de sermonneurs,

Qui prétendent que c'est faiblesse

De ne point bravement tenir tête aux malheurs !

Se montrer abattu, faire voir sa tristesse,

Selon eux n'est point permis.

Le vrai secret de leur sagesse

Serait-il point, ô mes amis,

Qu'à l'abri du besoin, au sein de la richesse,

Ils ont toujours leur couvert mis.

XV

LA ROSE ET LE LAURIER

La rose disait au laurier :

« Votre mérite est peu de chose !

Même avec votre éclat guerrier,

Pouvez-vous valoir une rose ?

Partout, admirant mes couleurs,

On me tient en estime rare ;

Au bal, pour mieux gagner les cœurs,

C'est avec moi que l'on se pare !

Je sais bien que dans les combats

Ou dans les luttes du théâtre

Sur moi l'on vous donne le pas !

Au front de la beauté folâtre

Moi je règne, et j'aime bien mieux

La gaîté, la danse et les fêtes

Que ces travaux si sérieux

Qui font vite blanchir les têtes.

Trop coûteuses sont les splendeurs

De votre gloire militaire,

Et je louerai qui leur préfère

Le doux plaisir avec mes fleurs.

Des voluptés je suis l'emblème,

La jeunesse court après nous !

— « Je plains celui qui trop vous aime,

Dit le laurier d'un ton fort doux.

Des plaisirs vous êtes l'image ;

Comme eux vous vivez un matin,

Et, certes, ce n'est pas le sage

Qui peut louer votre destin !

Vous brillez ; mais, fleur éphémère ,

Vous vous fanez avant la nuit !

Ma gloire à moi, que rien n'altère ,

A chaque siècle reverdit.

XVI

L'ÉCUREUIL ET LE SERIN

Un écureuil vantait ses jolis tours.

De son côté, brillant par son ramage,

A ses chants un serin laissait un libre cours,

Et voulait que sa voix lui donnât l'avantage ;

Mais son rival n'écoutait rien,

Estimant que le prix sans conteste revient

A son agilité, qu'il prône et qu'il admire.

Sa vanité se décernait l'empire.

— « Si l'on établissait entre nous un concours,

Disait-il au serin en tournant dans sa cage,

Vous n'auriez pas un seul suffrage ! »

Puis, de l'exemple appuyant son discours,

A s'agiter il met tant de souplesse,

Qu'autour de son logis c'est vite à qui s'empresse,

Et chacun applaudit au gentil animal.

Quant à son compagnon, sans peine on le délaisse !

Le chanteur obstiné ne le prend point trop mal ;

Nonobstant son échec il siffle avec courage.

La nuit arrive, et c'est dommage

Pour l'écureuil si leste et qu'on ne peut plus voir.

Dans cette ombre complète où l'enferme le soir,

Il a beau déployer sa grâce,

Tous ses soins sont perdus, — bien amer désespoir !

L'oiseau chantait encore, et bientôt il efface

Celui qui se targuait d'un stérile savoir.

Ses accents ont agi sur les cœurs, qu'il remue ;

Il acquiert à l'instant des charmes tout nouveaux.

— « C'est le plus divin des oiseaux ! »

Voilà le cri flatteur dont chacun le salue.

Toujours la palme reste aux solides talents !

Leur avantage ordinaire ,

C'est qu'ils plaisent en tout temps.

La grâce et la beauté , malgré leurs agréments ,

N'ont jamais qu'un temps pour plaire !

XVII

LE DIEU PAN
CHEZ LE STATUAIRE

D'amour-propre piqué, le dieu Pan, en vacances,

Voulut savoir si les mortels

Ne manquaient point aux déférences

Qu'ils devaient à lui-même ainsi qu'à ses autels.

Pour sa figure ou pour sa grâce

Pan d'ordinaire est peu cité,

Mais comme un autre il a ses travers, qu'il entasse

Dans la poche à la vanité !

Sans regarder son front ni ses pieds, il s'encense,

Et, pour peu qu'on le presse, il se dit fait au tour !

Entre lui-même et l'Amour

Parle-t-on de différence !

Il met Cupidon à distance,

Et se croit plus beau que le jour.

Ces élans mal venus de vanité bouffonne

Certes lui vont moins qu'à personne,

On le lui fit voir, et voici,

Si l'on en croit un vieux récit,

Comment ils eurent leur salaire !

Au logis d'un statuaire

Il était en visite et s'était déguisé

Afin qu'on ne pût le connaître.

— « Votre talent est justement prisé,

Dit-il, flattant l'artiste, et je voudrais, mon maître,

Que vous me fissiez voir vos chefs-d'œuvre de prix,

Dieux, héros ou bien déesse.

Je viens pour acheter, si vous m'avez compris,

Le statuaire s'empresse,

Et, lui faisant un bon accueil,

Il montre à son client avec un juste orgueil

Un Jupiter tonnant qui va lancer sa foudre ;

Rien qu'à le voir, on croit qu'il va vous mettre en poudre !

Ensuite une Vénus aux traits si beaux, si fins,

Que les marbres ses voisins

Paraissent, s'animant, lui porter leur hommage,

Tant de la beauté c'est l'image !

Pan se donne hardiment pour un grand connaisseur,

D'un ton tranchant faisant usage,

Il parcourt l'atelier en critique amateur,

Et ne s'épargne point les faux sens et l'erreur.

Le sculpteur, qui pousse à l'emplette,

Exalte fort chaque objet à bon droit,

Et fait valoir le fini qui se voit

A tous ceux sur lesquels l'œil enchanté s'arrête.

— « Achetez, disait-il, ce buste d'Apollon,

Et je vous en donne en plus, pour mieux vous satisfaire,

Ce dieu Pan si grotesque, au nez fuyant et long.

Par un contraste qui sait plaire,

C'est lui qui fait ressortir en ces lieux

La beauté des autres dieux !

Voyez si mon ciseau, connaissant son affaire,

N'a point su retracer cette grimace amère

Qui s'aperçoit dans tout son corps !

J'ai bien rendu son front, voilà ses pieds si tors ! »

— « Quoi ! c'est ainsi que l'on m'arrange,

Murmure Pan, qui se sauve en fureur.

La sottise est étrange !

C'est bien là des humains le jugement menteur !

Jamais au vrai mérite ont-ils rendu justice ?

Peut-être il eût voulu, ce héros de laideur,

Qu'on le fît plus beau que Narcisse !

Orgueil voilà bien de tes coups !

Que de fois ta mouche nous pique !

Fussions-nous idiot , ou borgne , ou rachitique ,

A démontrer ceci tout notre effort s'applique ,

Que nul n'a de figure ou d'esprit comme nous !

FIN DES FABLES.

PIÈCES DIVERSES

A UN JEUNE HOMME

Jeune, plein d'abandon et croyant au bonheur,

Vous êtes dans un âge où rien ne pèse au cœur.

Ainsi qu'un vin fumeux s'agite aux bords du vase,

D'un feu brûlant et fort votre veine s'embrase,

Et, pour parer vos cieux à l'horizon lointain,

Toujours vous voyez poindre un espoir incertain.

La jeunesse est songeuse, et sa main bien-aimée

Aime à passer ses doigts sur la joue enflammée

De tous ces beaux rêveurs si fiers de leurs vingt ans,

Oublieux que l'hiver glacera leurs printemps.

Ils vont les yeux fermés, et tous suivent leur voie,

En jetant aux buissons les lambeaux de leur joie,

Tout prêts à l'accueillir par un défi railleur,

La mort les fait sourire, et, loin d'en avoir peur,

Ils dévorent les ans et veulent que les heures

Prennent un air de fête au seuil de leurs demeures!

Et vous, vous ressemblez à vos jeunes amis.

L'arbre donne les fruits que ses fleurs ont promis,

Et comme aucun chagrin n'a plissé vos visages,

Comme aucun mot fatal ne se lit sur les pages

Du livre blanc et pur où sont inscrits vos ans,

Votre esquif ne croit pas aux écueils, aux brisants,

Et vos ailes planant sur de vastes pensées

Dans leur vol orgueilleux ne se sont point lassées!

— « Courons, dites-vous tous, et sans nous fatiguer;

Nos cœurs sont assez haut pour qu'ils puissent briguer

Un de ces sorts brillants que le jeune homme rêve,

Qu'il poursuit à trente ans, que vieillard il achève,

Humble ou levant le front au gré capricieux

Du destin qui nous prend pour hochets à ses jeux.

Notre main est dans l'urne où sa main le remue ;

L'espérance est à nous ! — fêtons sa bienvenue !

L'avenir à nos yeux ne s'est point obscurci ,

Et rien d'amer ne doit froncer notre sourcil !

— Hélas ! vous quitterez la charmante folie

Qui de rayons si beaux dore ainsi votre vie.

— O splendides lueurs que l'aurore au réveil

Sème en poussière d'or sur le matin vermeil ,

Que faites-vous des feux dont la clarté pâlie

Se dérobe si vite à la vue éblouie ?

Vous êtes bien l'image où, triste, j'ai pu voir

Que le matin chez l'homme était bien près du soir.

— Vous le saurez plus tard, vous qu'un vain rêve amuse.

Trop tôt la vérité toujours nous désabuse !

Et, sans avoir le droit de demeurer surpris,

De vos espoirs déçus rassemblant les débris,

Vous vous rappellerez, en pleurant sur leur cendre,

Qu'un rien de sa hauteur force l'homme à descendre.

Vous commencez la vie, et les riants projets,

Compagnons du départ, à vous suivre sont prêts!

Ils ne vous ont point dit que, borné dans sa route,

Notre orgueil va toujours de l'espérance au doute.

Suivez-les sur ces bords qui vous semblent fleuris,

Et, vous heurtant au piége où vos pieds seront pris,

Nous vous verrons, demain, renverser votre idole,

Faite de fange et d'or, — l'Illusion frivole!

NOTRE-DAME D'AMIENS

Mon pas s'est égaré sous sa voûte sonore,

Et, comme un chant suave et qu'on entend encore

Quand son dernier écho s'est perdu dans les vents,

J'ai gardé de ses murs, qui nous tiennent rêvants,

Un pieux souvenir qui peint à ma pensée

Le vieux temple où la foi si haute s'est placée !

Reste long-temps debout, ô portique divin,

Monument des vieux jours et d'un âge lointain !

Tes contours, tes arceaux, tout chez toi nous rappelle

La grâce du ciseau que tenait Praxilète,

Et tu mérites bien le culte qu'on te rend !

Oui, ta ville t'admire et chacun le comprend.

N'es-tu pas le joyau qui la pare avec grâce ?

Et quand son doigt te montre à l'étranger qui passe,

Elle le voit muet, s'inclinant à son tour ,

Le long de tes piliers errer avec amour !

Mais qui donc écrivit sur tes pages de pierre

Ce poème éclatant dont ta grandeur est fière ,

Et quelle main, dis-moi, sans un étrange appui,

Put te bâtir si grand que l'œil est ébloui ?

L'homme a jeté partout bien des cités superbes ,

Moisson aux blonds épis et radieuses gerbes

Que l'on peut admirer aux champs de l'univers.

Chacune étale aux yeux un prestige divers :

L'une montre debout, dans leur pose sublime ,

Ses héros ou ses dieux dont le marbre s'anime !

La Grèce , assise encore aux pieds du Parthénon ,

Voit l'art de Phidias lui garder son renom !

L'autre , fille d'un siècle aux croyances naïves ,

Se baignant tout entière en des eaux toujours vives ,

Planta la croix du Christ sous des portiques d'or,

Refuge pour le faible et soutien pour le fort.

Son nom se lit au haut des saintes basiliques :

Elle a pris pour abri leurs flèches magnifiques,

Et, taillant dans le roc un magique dessin,

Divinisant la foi qui remplissait leur sein,

Ses artistes, géants suspendus aux tourelles,

Ont découpé la pierre en grappes de dentelles !

Voilà ce qui t'a fait un triomphe éclatant,

Toi qu'enlace la Somme en son réseau flottant ;

Ton temple, c'est le phare illuminant la ville,

C'est l'aigle te couvrant de son aile immobile !

C'est un sublime écho qui nous vient du passé,

Et les cités tes sœurs ne t'ont point éclipsé.

CROMWELL

MONOLOGUE. — FRAGMENT DRAMATIQUE

Je ne sais quel ennui ce soir emplit mon cœur

Et le tient enfermé dans ce cercle rongeur !

Il est pour les puissants, il est des heures sombres,

Celles où sur les murs se dessinent les ombres

D'un passé qui n'eut point de paisible horizon,

Et d'un présent qui laisse après lui le frisson !

Je ne m'explique point au sein de quels nuages

Ma pensée obscurcie évoque ces orages.

Naguère, j'en suis sûr, plus ferme, mieux trempé,

Je n'aurais point permis, dans ma force drapé,

Qu'une tristesse vaine, un rêve pût m'abattre !

Si mon ambition a choisi pour théâtre

Une scène aussi vaste, où le regard se perd,

Pour le combat vêtu d'une armure de fer,

N'ai-je pas eu pour moi, descendant dans l'arène,

Deux leviers bien puissants : la force et puis la haine ?

A des cœurs résolus je parlais de leurs droits,

Du Seigneur irrité, qui condamnait les rois !

Et debout, menaçants, les puritains sévères

Me prirent dans leurs bras au milieu des tonnerres !

Si du nord jusqu'au sud on répète mon nom,

C'est que tous ont cru voir une étoile à mon front.

Un peuple tout entier sous ma main se remue,

Un seul mot de Cromwell à l'Angleterre émue

Imprime la terreur qui la fait tressaillir.

Mais il m'est défendu de jamais défaillir.

Il faut jusqu'à la fin, comme un mandat suprème,

Que je semble tenir mon rôle de Dieu même !

Retourner en arrière ! — Eh ! le puis-je ? A-t-on dit

Que les eaux, depuis peu, remontaient vers leur lit ?

Par un excès d'audace éblouissant le monde,

Nul n'a pu lire encore en mon âme profonde !

A moi-même inconnu, j'ai marché dans ma nuit

Affermissant mes pas, quelle main m'a conduit?

Je l'ignore. Instrument de volontés fatales,

Et semblable à l'esquif qu'emportent les rafales,

A bien des vents mauvais je me livrai sans peur,

Et, parti de bien bas, j'ai gravi la hauteur

La plus folle à rêver pour l'âme la plus vaine !

— O faîte inaccessible à l'espérance humaine !

De degrés en degrés j'ai monté jusqu'à toi;

Mais, pour en venir là, j'ai fait tuer un roi!

— Tuer ! — parole affreuse et qui donne la fièvre;

Rien qu'en la prononçant on sent sécher sa lèvre !

Spectre railleur qui vient pâle, muet, sanglant,

Faire craquer ses os, qui vont s'entrechoquant,

Il semble qu'à la tombe arraché pour une heure,

Le fantôme royal se glisse en ma demeure,

Et me montre du doigt, sous son linceul taché,

La place, rouge encore, où le fer l'a touché !

— Tuer un roi ! Quelle œuvre ! et que dira l'histoire ?

Pour effacer ce sang aurai-je assez de gloire ?

Qu'importent les exploits gravés sur le burin !

Les temps futurs diront, avec leur voix d'airain :

« Charles fut un martyr, et Cromwell le prophète

» Pour avoir sa couronne a fait rouler sa tête :

» Qu'à jamais, parmi nous portant un nom flétri,

» On signale sa honte à notre pilori ! »

L'épouse de Macbeth avait beau fuir l'alcôve

Où près d'elle veillait l'angoisse au regard fauve,

Elle avait beau courir au fond des corridors,

Toujours son œil hagard, à travers ses remords,

Voyait rougir sa main, qui , sans cesse frottée ,

Sans cesse lui montrait la tache ensanglantée.

Comme elle, en ce palais, dans le temple, au conseil ,

S'attachant à mes jours ou troublant mon sommeil ,

C'est un noir échafaud que distingue ma vue !

Et sa hache aiguisée à mon âme éperdue

Fait entendre le bruit d'une tête tombant

Et qui sur le billot saute en rebondissant !

Dirai-je que le peuple , ivre de fanatisme ,

Me poussait en avant ! — Mensonge et faux sophisme !

Je savais bien jusqu'où, fanatisant les cœurs ,

Le glaive entre les dents, je menais ses fureurs.

Appuyé sur la Bible en écoutant le prône ,

S'il ne songeait qu'au ciel , moi , je pensais au trône !

— Le parlement , l'armée , aux pieds du protecteur

Accourent à l'envi saluer ma grandeur.

Comme elle sait tromper, la bouche qui me flatte !

Dans l'ombre , en mots cruels, la même voix éclate ,

Parle de liberté confisquée au profit

D'un tyran détesté que tout bas on maudit.

C'est ainsi qu'en secret leur colère s'épanche ,

Et le poignard caché dans les plis de ma manche

Me servira bien mal , peut-être , un de ces jours ,

Lorsqu'ils voudront mêler l'action au discours.

Chargé seul du fardeau qui sur moi seul retombe ,

J'irai , je le veux bien , j'irai jusqu'à la tombe !

Ce pouvoir né d'hier, fait de tronçons épars ,

N'en crouleras pas moins bientôt de toutes parts.

Consumé par la veille , à bout de lassitude ,

Délivré par la mort de ce labeur si rude ,

Mes yeux ne seront pas encor tout à fait clos,

Que l'édifice , hélas ! tombera par morceaux.

Combien de temps faut-il au nuage qui passe ?

Il n'en faudra pas plus pour qu'un autre défasse ,

Pas même en un matin, ce que moi j'aurai pu

Faire à peine en dix ans, le cœur brisé , rompu.

A qui Dieu garde-t-il un si lourd héritage ?

Prêts à tout et s'aidant de ruse et de courage,

Dans des chemins ardus mettant leurs pas prudents,

Que d'obstacles à vaincre et d'ennemis ardents,

Quand l'ange du trépas m'aura pris sur ses ailes,

N'auront point à compter, dans des luttes mortelles,

Ceux qui continueront les choses que je fis.

D'un père aventureux Richard trop faible fils,

Mandataire impuissant d'une telle entreprise,

Richard, je le prévois, âme molle, indécise,

Changera sans tarder le laurier paternel

Contre un peu de silence au fond de quelque hôtel.

Les sages, après tout, affirment que la vie

Obscure doit couler sans exciter l'envie,

Et que, dans son verger enfermant sa raison,

L'homme heureux est celui qui reste en sa maison,

Et lit, les pieds dans l'herbe, au creux d'une charmille,

Un livre doux au cœur qui vante la famille.

—Moi, mon âme a besoin de soins plus orageux,

Et j'achète le bruit à des prix plus coûteux !

—Grandeur, vastes projets, n'êtes-vous que fumée?

Qui sait si — deuil amer — ma mémoire, exhumée

Et livrée au sarcasme ironique et moqueur,

Ne verra pas mon fils, sombre et blasphémateur,

A l'injure d'autrui joindre aussi son injure,

Et d'être né de moi se plaindre à la nature ?

Doutes, pleurs, abandon,—voilà les derniers mots

Epelés trop souvent aux sommets les plus hauts !

Heureux quand on n'a pas escaladé leur cime

En trempant hardiment ses mains dans quelque crime ;

Car, vengeur éternel et qui nous suit de l'œil,

Le repentir dès lors s'asseoit sur notre seuil !

LE SOMMEIL

A HENRI SAMUEL

Lorsque après lui le jour a traîné son cortége

De moroses soucis, de soins que rien n'allége,

Eclair furtif jeté sur l'ombre qui le suit,

Si nul plaisir n'a point fait trève à notre ennui,

Combien le cœur s'empresse à fêter dans sa joie

La nuit, la douce nuit dont le manteau déploie

Les longs plis, où, cachés comme un essaim joyeux,

S'ébattent à leur aise et s'agacent entre eux

Tous les rêves dorés dont l'aile nous effleure,

Et qui vont visiter le pauvre en sa demeure.

—Las du mépris des sots qui suit les indigents,

C'est la nuit qui l'enlève aux dédains affligeants ;

Et son esprit, bercé dans des sphères plus belles,

Lui garde à chaque instant des surprises nouvelles.

Prestiges merveilleux et mirages puissants,

Sylphes gais et moqueurs penchés sur notre couche,

Mais échappant toujours à la main qui les touche,

Qui donc égalerait les tableaux ravissants

Et la peinture folle au rire fantastique

Habile à tout créer sur sa toile magique,

Que le sommeil, artiste au pinceau gracieux,

Pour en doter la terre emprunte même aux cieux ?

Fantômes adorés qui viennent à cette heure

De silence et de paix vers celui qui les pleure,

Les souvenirs charmants d'un passé qui n'est plus

Nous rendent notre ivresse et nos beaux jours perdus.

Puisque aussi bien le jour semble fait pour la haine,

Et puisqu'à son flambeau nous sentons mieux la chaîne

Qui nous ferme, malgré des élans chaleureux,

La route où nous irions plus fiers et plus heureux ,

Toi , son consolateur, épanche sur nos lèvres

La liqueur ou le miel qui sait calmer les fièvres !

Sommeil , fidèle ami qui nous berce en tes jeux ,

En apportant l'oubli , viens nous fermer les yeux.

UNE QUÊTE AU BAL

Dans le boudoir splendide où les rideaux de soie

Roulent leurs plis flottants pour cacher à vos yeux

La veuve ou le vieillard dont l'hiver fait sa proie,

Riches, pour un instant trève à vos bruits joyeux.

Quand l'archet frissonnant descend dans l'âme émue,

Et du bal animé vient dessiner les pas,

Vous qui dansez là haut, oh! songez à la rue,

    A tous ceux qui pleurent en bas!

Le candélabre ardent sur la vitre étincelle,

Et jette ses reflets aux sombres carrefours ;

Ne va-t-il pas montrer trop de flots de dentelle

Au mendiant peut-être à jeûn depuis trois jours ?

Si vous voulez laisser son éclat à la fête,

Que votre joie au moins serve à sécher des pleurs ;

Pour valser plus en paix, n'oubliez pas la quête,

Donnez, donnez, brillants danseurs !

J'aime le gai sourire et la fraîche couronne

Qui parent la beauté des reines du salon.

Ce que j'aime encor plus, ô femmes, c'est l'aumône

Que vous irez porter demain au moribond.

Osez de vos brillants prendre quelques parcelles :

L'aumône est le creuset divin qui les fondra ;

En grâces, en attraits qui vous feront plus belles,

Dieu lui-même vous les rendra.

Ce peu d'or que ce soir, dans une heure bénie,

En songeant à l'hiver, laissent tomber vos doigts,

Ira dans la mansarde adoucir l'agonie

Ou porter la chaleur à des foyers trop froids.

Ceux-là furent toujours bons pour le pauvre monde,

Dira, priant pour vous, l'aïeule en se signant,

Et, par elle invoqués, vos noms — douceur profonde —

Seront bénis par son enfant.

Donnez, heureux du jour, versez votre corbeille

Pleine de tous ces biens qui vous font orgueilleux ;

De ce raisin si mur qui pend à votre treille

Ceux qui manquent de tout parfois sont envieux.

Donnez, pour que le pauvre, oubliant sa misère,

Regarde vos banquets sans y mêler de fiel ;

Donnez, et le Seigneur vous sera plus prospère !

Car la charité vient du ciel !

FIN.

TABLE

PIÈCES DIVERSES.